ALCESTE,

TRAGEDIE.

Par M. DE LA GRANGE,

Le prix est de 15. sols.

A PARIS,

Chez PIERRE RIBOU, à la descente
du Pont-Neuf, prés des Augustins,
à l'Image S. Loüis.

M. DC. XCCIV.

Avec Approbation & Privilege du Roy.

APPROBATION.

J'AY lû par ordre de Monseigneur le Chancelier une piéce de Theatre intitulée *Alceste*, & je n'y ay rien trouvé qui doive en empêcher l'impression. A Paris le 28. Janvier 1704.

Signé POUCHARD.

PRIVILEGE DU ROY.

LOuis par la grace de Dieu Roy de France & de Navarre : A nos amez & feaux Conseillers les Gens tenants nos Cours de Parlement, Maîtres des Requêtes ordinaires de notre Hôtel, Grand Conseil, Baillifs, Senêchaux, Prevôts, leurs Lieutenans, & autres nos Justiciers qu'il appartiendra, Salut. PIERRE RIBOU, Marchand Libraire à Paris, nous a fait remontrer qu'on luy a remis és mains un Manuscrit intitulé, *Recueil des Tragedies du Sieur* DE LA GRANGE, qui ont été representées sur le Theâtre François avec beaucoup d'applaudissemens, lequel Recueil ledit Exposant desireroit donner au public, & faire imprimer, s'il en avoit notre permission, pourquoy il a recours à nous, & nous a trés-humblement fait supplier de luy vouloir accorder nos Lettres sur ce necessaires. A ces Causes desirant favorablement trai-

ter l'Expofant nous luy avons permis & accordé,
permettons & accordons par ces Prefentes d'imprimer, faire imprimer, vendre & debiter en tous les
lieux de notre Royaume ledit Recueil en un ou plu-
fieurs volumes, & en telle marge, caractere, & autant de fois que bon luy femblera, durant le temps de
huit années confecutives, à compter du jour qu'il fera
achevé d'imprimer pour la premiere fois , pendant
lequel temps nous faifons trés-expreffes deffenfes à
tous Imprimeurs, Libraires, & autres, d'imprimer,
faire imprimer, vendre , & diftribuer ledit Recueil,
fous pretexte d'augmentation, correction, changement de titre, fauffes marques, ou autrement en
quelque maniere que ce foit, & à tous Marchands
étrangers d'en apporter, ny diftribuer en ce Royaume d'autres impreffions que de celles qui auront été
faites du confentement de l'Expofant, à peine de
quinze cens livres d'amende, payable par chacun des
Contrevenans, & applicable un tiers à Nous, un tiers
à l'Hôpital General de notre bonne Ville de Paris, &
l'autre tiers à l'Expofant, ou à ceux qui auront droit
de luy, de confifcation des exemplaires contrefaits,
& de tous dépens, dommages & interêts. A con-
dition qu'il fera mis deux Exemplaires dudit Recueil
dans notre Biblioteque publique, un en celle du Ca-
binet de nos Livres en notre Château du Louvre,
& un autre dans celle de notre tres cher & feal le
Sieur Boucherat, Chevalier Chancelier de France,
avant que de l'expofer en vente ; à la charge auffi
que l'impreffion en fera faite dans le Royaume, &
& que ledit Recueil fera imprimé fur de beau & bon
papier, & de belle impreffion, & ce fuivant ce qui
eft porté par les Reglemens faits pour la Librairie &
Imprimerie les années 1618. & 1686. enregiftrez
en notre Cour de Parlement de Paris, à peine de

nullité des Presentes, lesquelles seront regiſtrées dans le Regiſtre de la Communauté des Imprimeurs & Libraires de notre bonne Ville de Paris. Si vous mandons & enjoignons que du contenu en icelles vous faſſiez joüir pleinement & paiſiblement l'Expoſant ou ceux qui auront droit de luy, sans souffrir qu'il leur soit fait aucun empêchement. Voulons auſſi qu'en mettant au commencement ou à la fin dudit Livre une copie des Presentes, ou Extrait d'icelles, elles soient tenues pour bien & dûëment ſignifiées, & que foy y soit ajoutée, & aux Copies collationnées par l'un de nos amez & feaux Conseillers & Secretaires, comme à l'original. Commandons au premier Huiſſier ou Sergent sur ce requis, de faire pour l'execution d'icelles tous exploits, saisies, & actes neceſſaires, sans demander autre Permiſſion, nonobſtant toutes oppositions, clameur de haro, chartre Normande, & Lettres à ce contraires : Car tel eſt notre plaiſir. DONNÉ à Versailles le douziéme jour de Fevrier, l'an de Grace mil six cens quatre-vingt-dix-neuf, & de notre Regne le cinquante-ſixiéme. *Signé* Par le Roy en ſon Conseil, LE FEBVRE.

Regiſtré sur le Livre de la Communauté des Imprimeurs & Libraires, conformément aux Reglemens. A Paris le 26. Fevrier 1699.

Signé. C. BALLARD, *Syndic.*

ACTEURS.

HERCULE.

ADMETE, Roy de Theſſalie.

ALCESTE, Femme d'Admete.

PHERE'S, Pere d'Admete.

SOSTRATE, Confident de Pherés.

NIOBE, Confidente d'Alceſte.

CLEON, Domeſtique d'Admete.

Gardes.

*La Scene eſt dans la Ville d'Iolos en Theſſalie ;
dans le Palais d'Admete.*

ALCESTE.
TRAGEDIE.

ACTE I.
SCENE PREMIERE.

PHERES, SOSTRATE.

PHERES.

E me trompe-je ? point en croiray-
je mes yeux ?
Sostrate vit encor ! Sostrate est en ces
lieux !
Quel sort aprés huit ans te rend à ta
Patrie ?

SOSTRATE.

Seigneur, vous avez sçû par quelle perfidie
L'ingrat Laomedon digne de son malheur,

De l'invincible Hercule éprouva la valeur.
Vous sçavez que l'ardeur de vanger son outrage,
De tous nos jeunes Grecs enflammant le courage,
Leur fit abandonner leurs tranquilles Pays,
Pour signaler leurs noms aux bords du Simoïs,
J'y courus avec eux. Le redoutable Alcide
S'étoit enfin vangé de ce Prince perfide :
Ses enfans dans les fers, ses Etats ravagez,
De proye & de captifs nous revenions chargez :
Quand la Reine des Dieux, sa marâtre inflexible,
Excite dans les airs une tempête horrible :
Et j'ay veu le vaisseau qui portoit ce Heros,
Brisé contre un écueil, se perdre sous les flots.

PHERE'S.

Quoi, Sostrate, il est mort ?

SOSTRATE.

                    En vain par son courage,
Je l'ay veu fierement resister à l'orage ;
Et bravant de Junon le barbare courroux,
Fendre les flots émûs pour venir jusqu'à nous.
La nuit joignant son ombre aux fureurs de Neptune,
M'a fait errer long-temps au gré de la fortune,
Lorsque le jour naissant offre à nos matelots
Les champs de Thessalie, & les murs d'Iolcos :
Moins content de revoir les lieux qui m'ont veu
     naître,
Que d'éprouver encor les bontez de mon maître.

PHERE'S.

Garde ce nom sacré pour d'autres que pour moy.
Tu retrouves Pherés, & ne vois plus ton Roy.

SOSTRATE.

Ciel ! quelle est la surprise où ce discours me jette ?
Et quel autre que vous regne en ces lieux ?

PHERE'S.

                              Admete,

SOSTRATE.

Admete! votre fils!

PHERE'S.

Tout se regle aujourd'huy
Par les ordres d'Admete, & d'Alceste avec luy.

SOSTRATE.

Alceste! Quoy, Seigneur, cette jeune Princesse
Dont Hercule à vos soins confia la jeunesse;
Elle, qui sans tremper au crime de ses sœurs,
Eût d'un frere homicide éprouvé les fureurs,
Si le Ciel favorable aux cris de l'innocence,
N'eût conduit ce Vainqueur pour prendre sa deffense?

PHERE'S.

Il fit plus. Il voulut, épris de son amour,
Qu'un hymen solemnel celebrât son retour.
Luy-même entre mes mains il remit sa conquête;
Et me chargea du soin d'en preparer la fête.
Content de mes sermens, il partit de ces lieux.
Mon fils bien-tôt aprés revint victorieux;
Sur un peuple rebelle, au sortir de l'enfance,
Il avoit par la force affermy ma puissance;
Et surpassant déja les plus fameux Guerriers,
Il comptoit moins de jours qu'il n'avoit de lauriers.
Il vit la jeune Alceste, & tout couvert de gloire;
A ses premiers regards il ceda la victoire.
La Reine mon Epouse ignorant mes secrets,
Pressoit de leur hymen les funestes apprêts.
Alceste y consentoit. Par la mort de son frere,
D'une riche contrée elle étoit heritiere.
Invincibles appas! que te diray-je enfin?
Hercule étoit absent, son retour incertain;
La Princesse & mon fils dans l'erreur de sa flâme,
Sans craindre, à leur panchant abandonnoient leur
    ame;
Mes sujets, & les siens, tout conspiroit pour eux.

ALCESTE,

Vaincu par ces raisons je les unis tous deux.

SOSTRATE.

Quoy ! lorsque ce Héros pour vanger un outrage,
N'épargnoit pas des Dieux le magnifique ouvrage,
Vous ofiez, fans fremir des malheurs d'Ilion,
Violer votre foy comme Laomedon ?
Où feriez-vous, Seigneur, fi le fort en furie
N'eût éteint dans les eaux le flambeau de fa vie ?
Quel feroit fon retour ? Je fremis du danger......

PHERE'S.

Jupiter en courroux eut foin de le vanger.
La naiffance d'un fils & celle d'une fille,
De joye & de plaifirs comblerent ma famille.
Mais aux decrets du Ciel nul ne peut échapper :
Et fouvent il ne rit que pour mieux nous frapper,
Cent prefages affreux marquerent notre perte.
La terre par la foudre en cent lieux entr'ouverte,
Laiffa prés de ces murs un abîme fans fonds,
Par où le jour penetre aux Royaumes profonds.
Tout tremble, tout fremit à ce prodige horrible.
Il s'éleve du gouffre une vapeur terrible.
Sa force eft comparable aux plus mortels poifons.
Le Soleil de frayeur en cache fes rayons ;
Et mes fujets atteints des douleurs les plus vives,
Defcendent à grands flots aux infernales rives.
Quel devins-je, Softrate, en cette extrêmité ?
J'imploray d'Apollon la fuprême bonté.
Mais ô furcroît d'horreurs ! ô comble de mifere,
Quand le Prêtre terrible, au fond du fanctuaire,
Gemiffant fous le poids du Dieu qui l'agitoit,
Fit entendre ces mots qu'Apollon luy dictoit!

Le Ciel pour appaifer fa haine,
Ou volontairement, ou par le choix du fort,
Exige tous les ans une victime humaine,
Jufqu'à ce que l'amour triomphe de la mort.

Il dit. Que de malheurs ont suivi cet Oracle!
J'ay déja veu cinq fois ce barbare spectacle.
Mais comme si le sort, sur ma seule maison
Se plaisoit à verser son funeste poison,
Comme s'il ne vouloit que d'illustres victimes;
Tous ceux qu'il a choisis pour expier mes crimes,
Appuis de ma vieillesse, & sortis de mon sang,
Dans ma Cour aprés moy tenoient le premier rang.
Au plus beau de ses jours mon Epouse elle-même
N'a pû se garantir de ce malheur extrême;
Et le sort aujourd'huy redoublant mes regrets,
Se prepare à lancer ses ordinaires traits.

SOSTRATE.

O redoutables traits! ô vangeance inhumaine!
Les Dieux ont-ils des cœurs où regne tant de haine?
Jupiter sans pitié peut-il voir ses Autels
Fumer ainsi du sang des malheureux Mortels?

PHERE'S.

Le sang n'y coule point. Mais, ô prodige horrible!
La mort qu'on y reçoit n'en est que plus terrible.
Dés que l'urne sacrée à nos yeux allarmez
A vomi tous les noms qu'elle avoit enfermez;
Et que son vaste sein, pour ce tribut funeste,
Ne retient que l'objet de la haine celeste:
Effet plus assuré que l'effort du poison
Dont Medée embrâsa le Palais de Créon,
Une soudaine ardeur dans ses veines s'allume,
De ses jours devoüez le flambeau se consume,
La terre se derobe à ses pas incertains,
Le Soleil se refuse à ses regards éteirts,
Il croit voir le Cocite, & ces rives affreuses,
Que ne peuvent passer les ombres malheureuses.
Il voit le vieux nocher qui rit de leur ennuy,
Sa formidable voix s'éleve jusqu'à luy;
Et parmy ces horreurs, dans le fond de l'abîme,

Une main invisible entraîne la victime.
Juge de ma douleur à ces tristes objets.
Je voyois pour mon crime expirer mes sujets.
Je souffrois mille morts avant d'en souffrir une.
Ma fatale grandeur me devint importune.
Agité de remords, accablé de soucis,
Je remis ce fardeau dans les mains de mon fils.
Sur mon thrône avec luy je fis monter Alceste.
Mais de tous mes chagrins c'est-là le plus funeste.
Rien ne peut consoler mon esprit éperdu.
L'on ne connoît un bien qu'aprés l'avoir perdu.
Depuis que j'ay quitté la puissance suprême,
Inutile à chacun, je m'abhorre moy-même.
Ces gardes autrefois à tous mes vœux soûmis,
Ces flots d'adorateurs, cette foule d'amis
Qu'attiroit ma grandeur, & non pas ma personne.
J'ay tout perdu, Softrate, en perdant la Couronne.
On me laisse, on me fuit. Je vois mes cheveux gris,
Dans une jeune Cour, un sujet de mepris ;
Et mon front depoüillé de l'éclat des Monarques,
N'offre plus que des ans les pitoyables marques.
Ce n'est pas que mon fils, par sa rare vertu,
N'ait souvent rassuré mon esprit combattu;
Que de sa pieté ma tendresse contente,
N'en reçoive toûjours quelque preuve éclatante ;
Et qu'Alceste fidelle aux vœux de son Epoux,
N'y conforme son zele & ses soins les plus doux.
Je me hais, je rougis de ma foiblesse extrême.
Mais dés que sur leur front je vois mon diadême,
Par ce fatal éclat je me laisse ébloüir.
Où je regnay jadis je ne puis obeïr ;
Et pour être insensible au malheur qui m'opprime,
Je voudrois que le sort m'eût choisi pour victime.
Voilà l'état funeste où mon sort est reduit,
Voilà . . . . . Mais chez le Roy j'entends déja du bruit,

C'eſt Alceſte. Va-t-en, & me laiſſe avec elle,
Soſtrate : mais ſur-tout ſois diſcret & fidelle.

SCENE II.

PHERE'S, ALCESTE, NIOBE,

ALCESTE.

Allez, Niobe, allez, je vais l'attendre icy.
Qu'on le cherche, qu'il vienne. Ah, Seigneur, vous
  voicy !
Venez vous oppoſer au ſort qui nous menace.
Le Roy.... La voix me manque, & tout mon ſang
  ſe glace.
Niobe, ſoûtien-moy.

PHERE'S.

Madame, quels malheurs
Vous étouffent la voix, & font couler vos pleurs ?
Quels deſtins ennemis menacent cet Empire ?
Que ſçavez-vous ? parlez.

ALCESTE.

Je fremis de le dire,
J'ay veu.... Je viens....

PHERE'S.

Hé bien !

ALCESTE.

Admete.....

PHERE'S.

Pourſuivez,

ALCESTE.

Seigneur, il va perir, ſi vous ne le ſauvez,

PHERE'S.

Hé! qui peut vous causer cette crainte funeste?

ALCESTE.

Un songe a commencé; més yeux ont veu le reste.
Mon pere Pelias, je fremis d'y penser,
A mes sens cette nuit s'est venu retracer.
Tel qu'autrefois chargé de vieillesse & de gloire,
Je le vis des fureurs éprouver la plus noire,
J'ay cru le voir encor dans les bras du sommeil,
Attendant sans effroy le retour du Soleil.
Mes sœurs entre la crainte & l'espoir balancées,
Autour du bain fatal paroissoient empressées.
L'une du feu trop lent ranimoit les ardeurs;
L'autre exprimoit le suc des herbes & des fleurs.
Une lampe éclairant leur demarche timide,
Conduit jusqu'au vieillard la troupe parricide,
Trois fois à cet objet leur courage a fremy;
Trois fois leur bras levé ne descend qu'à demy.
Il semble que d'un Dieu le regard les arrête,
Ou que de la Gorgone il leur montre la tête.
Chacune à son forfait voulant se dérober,
Le coup demeure en l'air, & n'ose retomber.
Alors, comme autrefois, je n'ay rien veu de suite;
Là, mon frere est entré. Mes sœurs ont pris la fuite.
Il les suit: il les joint: il leur perce le flanc.
Et le cruel encore avide de mon sang,
Levoit le bras sur moy pour en couvrir la terre,
Lorsqu'Admete attité par un bruit de tonnerre,
Aussi prompt que l'éclair, a couru se jetter
Au devant de la mort qu'on vouloit me porter.
Soudain, du haut des Cieux, sur l'une & l'autre tête,
J'ay veu crever la nuë où grondoit la tempête.
J'ay veu ces murs sanglans par la foudre embrasez,
Et leur brûlant debris nous a tous écrasez,

Jufte Ciel !

ALCESTE.

Mon fommeil & ce fonge effroyable
Se font évanoüis par un cri formidable.
A ce cri prés de moy mon Epoux a couru ;
J'ay repris quelque efpoir fi-tôt qu'il a paru.
Inftruit de mes douleurs, touché de mes allarmes,
Il m'a promis ce jour pour effuyer mes larmes :
Et que jufqu'à demain il remettroit le choix
Qu'on doit offrir aux Dieux pour la fixiéme fois.
A ces mots qui flattoient ma tendreffe inquiete,
Dans fon appartement j'ay veu rentrer Admete.
Et moy, trompant les yeux qui gardoient ce Palais ;
Pour rendre grace au Ciel de ces heureux effets,
Sans fuite, fans témoins, j'ay couru dans le Temple.
O furprife ! ô douleur, qui n'eut jamais d'exemple !
D'un fonge prophetique évenement cruel !
Le vafe redoutable eft déja fur l'Autel.
Dans un filence affreux, d'une mort évidente
L'on voit regner par-tout l'image menaçante.
Les peuples abatus, les Prêtres confternez,
Sont aux pieds des Autels en foule profternez ;
La frayeur eft déja dans toutes les familles.
Les femmes, les époux, les peres, & les filles,
Compris également dans ce malheur commun,
Tremblent tous d'un peril qui n'en menace qu'un.
Mais ce qui met le comble à ma frayeur mortelle ;
Le Roy malgré les vœux de fon peuple fidelle,
Ne veut pas être exempt de ce choix plein d'horreur,
Et va du fort peut-être affouvir la fureur.
Il vient. Oppofons-nous à ce deffein funefte.

SCENE III.

ADMETE, PHERE'S, ALCESTE,
NIOBE.

ALCESTE.

AH, Seigneur ! vous fuyez, vous évitez Alceste,
Est-ce là ce delay que vous m'aviez promis ?
Vous allez vous livrer aux destins ennemis ?......

ADMETE.

Oüy, je vais dans le Temple où nos peuples m'at-
     tendent ;
Jetter le sort fatal que les Dieux me demandent.
Voicy le jour marqué pour ce choix solemnel,
Qu'on ne peut differer sans être criminel.
J'ay feint d'y consentir pour éviter vos plaintes.
Mais ce seroit du peuple éterniser les craintes,
Et redoubler les maux qui desolent ces lieux,
Que d'oser attenter sur les decrets des Dieux.

PHERE'S.

Du moins, si sans blesser leur sanglante justice,
L'on ne peut differer cet affreux sacrifice,
Ne vous exposez point à leurs cruels arrêts ;
Mon fils, soyez sensible aux cris de vos sujets ;
Laissez fléchir par eux votre vertu farouche.
Le Ciel assez souvent s'explique par leur bouche.
Les loix sont pour le peuple, & non pas pour les Rois ;
Et l'Oracle fatal qui nous donna ces loix,
Auroit nommé le Roy, si pour punir nos crimes,

Il l'eût voulu comprendre au nombre des victimes.
ADMETE.
Non, Seigneur, quand les Dieux prononcent des arrêts,
Ils sont faits pour les Rois comme pour les sujets;
Et sans avoir besoin qu'un Oracle le nomme,
Un Roy devant les Dieux n'est pas plus qu'un autre homme.
Mais enfin il est temps qu'aprés tant de malheurs,
Un peu d'espoir succede à nos longues frayeurs.
Apollon cette nuit sensible à nos allarmes,
M'a promis de tarir la source de nos larmes.
Le sort à sa priere est contraint de ceder.
Pour la derniere fois ses coups vont decider,
Et Jupiter prenant sa derniere victime,
Va noyer dans son sang la fureur qui l'anime.
ALCESTE.
Hé! qui me répondra dans ce jour plein d'horreur;
Que Jupiter sur vous n'épuise sa fureur?
De noirs présentimens épouvantent mon ame.
Il me semble déja que le sort......
ADMETE.
Hé, Madame!
Si le Ciel veut ma mort, qui peut m'en affranchir?
Par nos soûmissions tâchons de le fléchir.
Je ne le cele point. Dans un âge assez tendre,
Comblé de tous les biens qu'un Mortel peut prétendre,
Sans les malheurs publics mon sort seroit trop doux.
Heureux fils, heureux pere, & plus heureux époux,
Un favorable hymen nous a joints l'un à l'autre;
Vous regnez sur mon cœur, je regne sur le vôtre.
Appuis de notre Empire, & fruits de notre amour,
Nous voyons nos enfans se montrer, chaque jour,
Dignes par leurs vertus, comme par leur naissance,
D'exercer aprés nous la suprême puissance.

Mais parmy tant de biens qui flattent mon espoir,
L'amour de ma patrie est mon premier devoir.
Si pour sauver mon peuple il faut que je perisse,
De tout mon saug aux Dieux je fais un sacrifice.
Mais ce cœur si constant ne sçauroit sans trembler,
Songer au coup mortel qui vous peut accabler.
On me verra perir avant que de permettre
Qu'au caprice du sort vous alliez vous soumettre,
Le nom d'Alceste seul n'y sera point offert.
Les Dieux me puniroient si je l'avois souffert.
Ou si ces Dieux cruels m'en osent faire un crime,
A leur courroux vangeur je m'offre pour victime.

ALCESTE.

Quoy, Seigneur ! vous iriez affronter le trépas,
Et courir un peril que je ne courrois pas ?
Quand je pourrois descendre à cette ignominie,
Que d'avoir moins d'amour pour vous que pour la
     vie,
Quel en seroit le fruit ? Dans ce temps de courroux,
Le Grand Prêtre en ces lieux plus absolu que vous,
Pourroit-il consentir que des Dieux redoutables
On violât pour moy les loix inviolables ?
Et nos tristes sujets verroient-ils sans horreur,
Qu'avare de mon sang l'on prodiguât le leur ?

ADMETE.

Non, Madame, le sort dans une autre contrée
N'ira point attaquer votre tête sacrée.
Des lieux où l'on respire à peine est-on sorty,
Qu'à de contraires loix on est assujetti.
C'est ce que mes sujets m'ont chargé de vous dire,
Mille & mille raisons vous pressent d'y souscrire.
Nos enfans exposez au celeste courroux
Percent mon tendre cœur des plus sensibles coups,
Leurs perils tous les jours ébranlent ma constance.
De ces bords dangereux éloignez leur enfance.

Un

Un vaisseau vous attend sur les flots écumeux ;
Nos plus vaillans soldats vous suivront avec eux.
Allez loin de ces murs leur chercher un azile ;
Ne craignant rien pour eux je seray plus tranquille,
J'espere que des Dieux si long-temps irritez,
Mes vœux moins partagez seront mieux écoutez.
Ou si rien ne flechit l'inclemence celeste,
De vos Peuples vers vous je conduiray le reste,
Et nous irons chercher dans des climats plus doux
Un destin plus tranquille , & plus digne de vous.

ALCESTE.

Moy , quitter mon Epoux ! Par quelle loy barbare,
Vouloir qu'avant la mort le destin nous separe ?
Ah , Seigneur ! songez-vous qu'aux cœurs bien
    amoureux
L'absence , des tourmens , est le plus rigoureux ;
Et qu'il n'est point de mort , j'en juge par moy
    même ,
Qui ne cede à l'horreur de quitter ce qu'on aime ?
D'ailleurs , pour cet exil où vous me condamnez,
Quel sejour , quels climats avez-vous destinez ?
Triste joüet du sort , & des vents & des ondes,
Où pourray-je fixer mes courses vagabondes ?
Et dans tout l'Univers sera-t-il quelque Roy ,
Qui sçachant le malheur que je traîne avec moy ,
Veüille sur son Empire attirer les tempêtes
Que le courroux du Ciel assemble sur nos têtes ?

PHERE'S.

Madame , je vois bien que le Roy s'est flatté
Qu'Argos seroit pour vous un lieu de sureté.
Qu'Hercule de retour des campagnes de Troye ,
De vous y recevoir se feroit une joye :
Mais loin de l'y chercher , sçachez que ce Heros ,
Victime de Junon a peri dans les flot.

ADMETE.

Hercule ne vit plus !

ALCESTE.

Quel malheur est le nôtre !

PHERE'S.

Son trépas impreveu vous touche l'un & l'autre.
Mais peut-être ses jours démentant vos souhaits,
Vous auroient-ils coûté de plus justes regrets ?

SCENE IV.

ADMETE, PHERE'S, ALCESTE, NIOBE, CLEON.

CLEON.

JE viens vous avertir que l'onde impetueuse
Pousse vers ce rivage une flotte nombreuse,
Et qu'aux yeux d'un grand Peuple assemblé sur le
   bord,
Hercule triomphant arrive dans le port.

ADMETE.

Hercule !

ALCESTE.

O jour heureux !

PHERE'S *à part.*

Ah fortune contraire !

ADMETE.

Il vient flechir pour nous le courroux de son pere,
Madame, pardonnez à l'ardeur de le voir ;
Avec toute ma Cour je vais le recevoir ;

Surmontez vos frayeurs, étouffez le murmure....
ALCESTE.
Allez, Seigneur, allez, son abord me raſſure,
Le fils de Jupiter ne merite pas moins.
A votre empreſſement je vois joindre mes ſoins,
Et par tous les honneurs qu'on doit à ſa naiſſance,
Rendre ces triſtes lieux dignes de ſa preſence.
PHERE'S ſeul.
Grands Dieux, de notre ſort arbitres ſouverains !
Détournez ſur moy ſeul tous les maux que je crains,

Fin du premier Acte.

ACTE II.

SCENE PREMIERE.

HERCULE, ADMETE.

HERCULE.

J'Y, pour voir un amy si cher à ma
    tendresse,
Je preferois ces lieux au reste de la
    Grece.
Nos vaisseaux triomphans, & parez de
    festons,
Fendoient legerement les humides sillons;
Et je venois, amy, plein d'espoir & de joye,
Partager avec toy les depoüilles de Troye.
Déja nous découvrions ce Mont chery des Dieux,
Dont le double sommet s'éleve jusqu'aux Cieux.
Junon n'a pû souffrir le bonheur de ma vie.
Neptune s'est émû pour servir sa furie.
Une effroyable nuit n'a laissé dans les airs
Que le jour fugitif qui partoit des éclairs;
Et les vents échappez de leurs grotes profondes,
Ont joint leur violence à la fureur des ondes.
Mon vaisseau jusqu'au Ciel est tantôt emporté,
Tantôt au fond des eaux il est precipité.

Malgré l'art des nochers, & les forces d'Alcide,
Poussé contre un écueil par la vague rapide,
Il se brise, & nous livre à la mercy des flots.
J'ay veu perir soldats, & chefs, & matelots.
Moy seul, malgré Junon, resistant à l'orage,
J'ay vaincu les Tritons ministres de sa rage,
J'ay repoussé Carybde & Sylla sous les eaux ;
Et tout ce que la mer a de monstres nouveaux,
Ont eu le même sort à me faire la guerre,
Que ceux dont j'ay purgé la face de la terre.
Touché de mes travaux enfin du haut des Cieux,
Jupiter sur son fils a détourné les yeux.
Le calme est revenu sur la mer applanie,
J'ay veu voler vers moy ma flotte reünie.
Le vaillant Thelamon m'a receu sur son bord,
Et pour comble de biens j'arrive dans ce port,
Où les embrassemens d'un amy si fidelle
Vont donner à mon sort une face nouvelle.
    Mais que dois-je penser de tout ce que je vois ?
Cet Empire n'est point ce qu'il fut autrefois.
Ces peuples qui jadis inondant ces campagnes,
Fatiguoient de leurs chants les échos des montagnes ;
N'ont paru devant moy que des spectres mouvans,
Ou des corps separez du nombre des vivans.
Que dis-je ? en m'abordant toi-même, cher Admete,
Tu m'as paru saisi d'une douleur secrete ;
De tes yeux malgré toy j'ay veu couler des pleurs ;
Dans tes embrassemens j'ay senti des froideurs ;
Et dans l'heureux instant qu'Hercule te retrouve,
Il ne s'attendoit pas à l'accueil qu'il éprouve.

ADMETE.

Amy, tu vois l'effet du celeste courroux,
Depuis le jour cruel qui t'éloigna de nous,
Jupiter nous poursuit. J'ignore notre offense :
Mais tous les Elemens s'arment pour sa vangeance.

Par un abîme affreux qui répond aux Enfers,
Un souffle empoisonné se répand dans les airs,
Il ravage nos champs, il depeuple nos Villes ;
La terre n'ouvre plus ses entrailles fertiles ;
Il n'est point de ruisseaux qui ne soient infectez,
Il n'est point d'alimens qui ne soient empestez;
Et pour comble de maux, le Dieu qui nous opprime,
Exige tous les ans un mortel pour victime.
Si dans le jour marqué nul ne s'offre à la mort,
Pour choisir la victime on a recours au sort.
Et ce sanglant effet de notre obeïssance,
De nos maux pour un temps suspend la violence:

HERCULE.

Que me dis-tu ? Mon pere à cette extrêmité
A-t-il pû si long-temps porter la cruauté ?
N'importe, ne crain rien ; quel que soit votre crime,
J'auray soin d'appaiser la fureur qui l'anime.
Mais, Prince, en attendant qu'il exauce mes vœux,
Je veux te faire ailleurs un destin plus heureux ;
Quitte pour quelque temps ce funeste rivage……

ADMETE.

Libre autrefois des soins où le thrône m'engage ;
Tes offres, je l'avoüe, auroient pû m'émouvoir :
Mais depuis que Pherés m'a cedé son pouvoir,
Si je les acceptois, meriterois-je encore
Cette illustre amitié dont Hercule m'honore.
Pere de mes sujets, aussi-bien que leur Roy,
De partager leur sort je me fais une loy.
Je ne veux pas pourtant refuser la retraite
Que m'offre loin d'icy ton amitié parfaite:
Mais ce n'est point pour moy que j'ose l'accepter.
Alceste, comme nous, a tout à redouter ;
Ses vertus, sa beauté que tout le monde adore,
N'exemptent point ses jours d'une loy que j'abhorre.
Cinq fois par son exemple animant mes sujets,

Elle a du sort comme eux accompli les arrêts ;
Et cinq fois affrontant une mort effroyable,
Son beau nom est entré dans l'urne redoutable.
C'est de toy que j'attens la fin de ses malheurs ;
Par ce bras triomphant que j'arrose de pleurs ,
Par ce reste innocent d'une illustre famille ,
Qui te garde toûjours des tendresses de fille ;
J'ose te conjurer & pour elle , & pour moy ,
D'avoir soin de ses jours déja sauvez par toy ;
Et de ne pas souffrir qu'une beauté si rare
Eprouve encor du sort le caprice bizarre.

HERCULE.

Qu'avec ravissement j'écoute ce discours !
Je ne m'en deffens point, je tremblois pour ses jours.
Pour apprendre son sort , incertain & timide,
Son nom n'osoit sortir de la bouche d'Alcide.
Grace au Ciel , le succés répond à mes desirs.
Que mon cœur à la voir se promet de plaisirs ?
Car enfin mes travaux n'ont point éteint la flâme
Dont ses jeunes attraits embraserent mon ame.
Par l'absence & le temps mon amour s'est accrû.
Et si dans tes Etats j'ay d'abord accouru,
Le desir de la voir , aprés huit mois d'absence,
M'attiroit , je l'avoüe , autant que ta presence.

ADMETE.

Ah ! qu'est-ce que j'entens ?

HERCULE.

           A ton pere en partant
Je confiay jadis ce secret important.
J'eus d'abord le dessein de m'unir avec elle :
Mais pressé de chercher une guerre nouvelle ,
Il fallut differer jusques à mon retour
Un hymen qui devoit couronner mon amour.
Voicy le jour , amy , que le sort favorable
Rend à mon tendre amour cet objet adorable,

Mais pour recompenfer autant que je le doy
Les foins qu'elle a reçû de Pherés & de toy ,
Dans le temps que l'hymen nous joindra l'un à l'autre,
Je veux te faire un fort auffi beau que le nôtre.
L'ingrat Laomedon qui m'avoit irrité ,
Du thrône dans les fers s'eft veu precipité.
J'ay conquis fes Etats , j'ay détruit fa famille ,
Et conduit en ces lieux Hefione fa fille.
Elle eft l'objet des vœux de nos plus puiffans Rois.
Le fuperbe Ilion doit fléchir fous fes lois.
Soumife aveuglément à ce que je defire ,
Je veux que fon hymen t'affure cet Empire ;
Et que ce jour témoin de tant d'heureux liens
Surpaffe tes defirs en couronnant les miens.

ADMETE.

Pardonnez mon filence à ma furprife extrême.
Quoy, vous aimez Alcefte ? & dés ce moment même,
Vous voulez que l'hymen uniffant vos deftins ? . . .

HERCULE.

Hé ! qui traverferoit mes amoureux deffeins ?
Qui pourroit condamner une fi belle flâme ?
Mais que vois-je ? d'où naît le trouble de votre ame ?
Pourquoy fur votre front ces marques de douleur ?
Je vous vois friffonner , & changer de couleur.

ADMETE.

Je fremis , il eft vray. Contre un coup fi funefte ,
Je fens . . . . . Adieu , Seigneur , vous apprendrez le
    refte.
Mais fi dans mes Etats vous êtes outragé ,
J'attefte icy les Dieux que vous ferez vangé,

SCENE II.

HERCULE.

Que vois-je ? quel transport le derobe à ma veuë ?
Quel accueil surprenant ! quelle fuite impreveuë !
Ay-je bien entendu ? Si je suis outragé,
Il attelte les Dieux que je seray vangé.
Eclaircissons le trouble où ce discours me jette.
Arrachons ce secret de la bouche d'Admete.
Il faut qu'il parle. Allons … Mais je pense entrevoir
La cause de son trouble & de son desespoir.
Par la beauté d'Alceste il s'est laissé surprendre ;
Contre tant de vertus il n'a pû se deffendre ;
Et malgré l'amitié qui nous unit tous deux,
Il ne peut sans douleur voir son Rival heureux.
C'est là son déplaisir ; c'est là ce qui le gêne.
J'ay pitié de son sort ; je partage sa peine.
Mais comme à ce moment il doit s'être attendu ;
Puisque le cœur d'Alceste est un bien qui m'est dû,
Il doit en ma faveur se faire violence,
Pour étouffer des feux nourris sans esperance.
Elle entre. Quel plaisir pour mon cœur enflâmé,
De revoir un objet si digne d'être aimé !

SCENE III.

HERCULE, ALCESTE, NIOBE.

ALCESTE.

AH, Seigneur ! qu'ay-je veu ! quelle pompe bar-
bare !
Quel sacrifice impie au Temple se prepare !
Quel spectacle ! est-ce ainsi qu'on devroit en ce jour
Du fils de Jupiter celebrer le retour ?
Nos peuples qui sur vous fondoient leur esperance,
Se flattoient qu'aujourd'huy votre auguste presence
De ce tribut sanglant sçauroit les affranchir,
Et que les Dieux par vous se laisseroient fléchir.
Mais helas ! c'en est fait ; j'ay veu le Roy luy-même
Interdit, penetré d'une douleur extrême,
Qui tournoit vers l'Autel ses pas precipitez.
Je ne puis recourir qu'à vos seuls bontez,
Pour derober sa tête au coup qui le menace.
Et si j'obtiens de vous cette derniere grace,
Seigneur, je vous devray pour ses jours conservez,
Bien plus que pour les miens que vous avez sauvez.

HERCULE.

Qu'entens-je ? Quoy, Madame ! ô Ciel ! est-il pos-
sible
Qu'aux disgraces du Roy vous soyez si sensible ?
Que sur le cœur d'Alceste il ait tant de pouvoir ?

ALCESTE.

Hé, qui peut me blamer de suivre mon devoir ?

Puis-je dans ses perils luy marquer trop de zele ?
Puis-je trop d'un Epoux embrasser la querelle ?
HERCULE.
D'un Epoux ! Luy ! Grands Dieux ! Admete est votre
  Epoux ?
ALCESTE.
Oüy, Seigneur, & pour luy j'embrasse vos genoux.
Je me flattois toûjours que votre grand courage
Ne voudroit pas laisser détruire son ouvrage.
C'est vous qui m'amenant aux rives d'Iolcos,
Le premier à mes yeux offrites ce Heros.
C'est par vous que nos cœurs ont joint leur destinée ;
Serrant les nœuds du sang par ceux de l'hymenée ;
Et si le sort barbare attente sur ses jours,
Des miens en même temps j'abregeray le cours.
HERCULE.
Tu l'emportes, Junon ; ta vangeance est parfaite ;
Tu peux vanter par-tout ta gloire, & ma defaite ;
Puisqu'enfin une fois me faisant soûpirer,
Tu m'as lancé des traits que je ne puis parer.
Mais c'est trop me contraindre, il est temps que j'é-
  clate ;
Inhumaine, tremblez.
ALCESTE.
Moy, Seigneur !
HERCULE.
                          Vous, ingrate ;
Vous, dis-je, qui servez la haine de Junon,
Mieux que n'a fait le fer, la flâme, le poison ;
Et qui ne m'étalez le triomphe d'Admete,
Que pour mieux me montrer la perte que j'ay faite.
Quoy, tandis que pour vous sur des bords étrangers
Je nourrissois ma flâme au milieu des dangers ;
Que sur mes ennemis j'exerçois ma vangeance,
Mes amis me faisoient une pareille offense ;

Et leurs perfides cœurs imitoient les ingrats,
Que je faisois tomber sous l'effort de mon bras.
O toy ! qui vois mes maux, puissant Maître du monde,
Que ne me laissois-tu dans l'abîme de l'onde ?
N'as-tu sauvé ton fils que pour le reserver
Au plus grand des malheurs qui pouvoit m'arriver ?
Par le ravage affreux que font icy les parques,
De ton courroux vangeur je vois assez de marques.
Je vois bien que sensible à l'amour paternel,
Tu punissois pour moy ce peuple criminel ;
Tandis que formidable au reste de la terre,
Mon bras faisoit pour toy l'office du tonnerre.
Mais pour être vangé d'un nombre d'ennemis,
Le crime qui me tue en est-il moins commis ?
Et ne devois-tu pas employer ta puissance,
Plûtôt à détourner qu'à punir cette offense ?

ALCESTE.

Où suis-je ! ô Ciel ! qu'entens-je ? & qu'est-ce que je
    voy ?
Ces reproches sanglans s'addressent-ils à moy ?
Me serois-je trompée ? est-ce la voix d'Alcide
Qui vient d'épouvanter mon oreille timide ?
Et ce courroux terrible, & si peu merité,
Est-il l'effet d'un songe, ou de la verité ?
Il faut pourtant, Seigneur, il faut icy vous dire,
Qu'au fond de votre cœur je ne pouvois pas lire.
Je trouvois dans l'hymen de ce Prince charmant,
L'appuy que je perdois par votre éloignement.
Tout conspiroit pour nous, Le trépas de mon frere,
Nos deux sceptres unis, & Pherés, & sa mere,
Et vous-même, Seigneur, son plus parfait amy,
Vous par qui notre sort paroissoit affermy,
Vous sembliez approuver cet illustre hymenée,
Puisque dans ces Etats vous m'aviez amenée.
Si l'aveu de nos feux si long-temps ignorez,

M'eût

M'eût appris le deſſein que vous me declarez ;
Contente d'immoler tout mon bonheur au vôtre,
Quelque amour dont mon cœur eût brûlé pour ua
      autre,
Pour vous alors, pour vous j'en aurois triomphé ;
Comme un feu criminel je l'aurois étouffé ;
Je l'aurois fait ceder à la reconnoiſſance :
Mais mon âge trop tendre, au ſortir de l'enfance ;
Pouvoit-il imputer vos ſoins, votre amitié
A d'autres mouvemens qu'à ceux de la pitié ?
Et croyois-je qu'un cœur auſſi grand que le vôtre ;
Se fût trouvé ſenſible, & foible comme un autre ?

HERCULE.

Ah ! c'eſt mal exćuſer votre infidelité ;
Mon amour à vos yeux n'a que trop éclaté.
Si je n'ay pas pour vous, abaiſſant mon courage,
Des vulgaires Amans emprunté le langage ;
Je croyois que les ſoins que j'ay pris pour vos jours ;
Vous apprendroient mes feux bien mieux que mes
     diſcours ;
Et qu'Hercule en aimant, aſſuré de vous plaire,
Se pouvoit écarter de la route ordinaire.
Pherés de mes deſſeins a dû vous avertir ;
Je m'ouvris à Pherés avant que de partir.
Vous étiez tous d'accord : mais ma flâme trahie
Vous ravira le fruit de votre perfidie.
On ſçait à quel excés je porte mes tranſports ;
Troye a dû vous montrer qu'à de communs efforts
Hercule furieux ne borne point ſa rage.
Le Ciel mémo eſt trop lent à vanger mon outrage ;
Son courroux en ſix ans moins fort que ſa pitié,
A peine de ce peuple a détruit la moitié :
Et moy, par un effet plus prompt, & plus funeſte ;
Je ne veux que ce jour pour détruire le reſte.
Je vais ſur mon Rival porter les premiers coups.....

C

ALCESTE.

Ah, Seigneur, arrêtez. Helas ! où courrez-vous ?
Percez plûtôt mon cœur. Qu'allez-vous entreprendre?
C'est le sang d'un amy que vous voulez répandre.

HERCULE.

Luy, mon amy, perfide ! Aprés sa trahison,
Le nom de votre Epoux luy fait perdre ce nom.
Je vais voir à l'autel ce Rival qui m'opprime.
Et puisque Jupiter y veut une victime,
J'en seray le Ministre ; & mon jaloux transport
En fera mieux le choix que ne feroit le sort.
Adieu, Madame.

ALCESTE.

Allez, j'auray soin de m'y rendre.
Ce corps est le rempart qui sçaura le deffendre.
Je ne le quitte plus, & vos coups aujourd'huy
Se feront jour icy pour aller jusqu'à luy.
Adieu, Seigneur.

SCENE IV.

HERCULE, PHERE'S.

HERCULE.

Ouy, ouy, la fureur qui m'anime…;
Mais que vois-je !

PHERE'S.

A vos pieds j'amene la victime ;
C'est-là, Seigneur, c'est-là que vous devez frapper,
Le coupable à vos coups ne veut point s'échapper,

Ny chercher dans le cours de votre longue abſence,
De frivoles raiſons pour couvrir ſon offenſe.
La pure verité doit paroître à vos yeux,
Telle que dans mon cœur la penetrent les Dieux.
L'injuſte ambition dont j'eus l'ame ſaiſie,
M'inſpira le deſſein de cette perfidie.
Mais j'atteſte le Ciel qu'Alceſte, ny mon fils,
De vos ſecrets deſſeins n'ont jamais rien appris.
N'étendez point ſur eux la peine de mon crime ;
Seigneur, contentez-vous d'une ſeule victime ;
Et vangez votre amour par moy-ſeul offenſé,
Sur ce reſte de ſang que les ans ont glacé.

HERCULE.

Infortuné Vieillard, je fais grace à ton âge ;
Qui ne merite pas d'exercer mon courage.
Tu vivras ; mais pour voir ton païs deſolé,
Ta famille proſcrite, & ton fils immolé.

SCENE V.

PHERE'S.

O Courroux, dont l'effet va ſuivre la menace !
Grands Dieux ! inſpirez-moy ce qu'il faut que je
faſſe.

SCENE VI.

PHERE'S, SOSTRATE.

SOSTRATE.

Seigneur...

PHERE'S.
Hé bien !

SOSTRATE.
Helas !

PHERE'S.
Qui te fait soûpirer ?
Explique-toy ? Le sort......

SOSTRATE.
Vient de se declarer.

PHERE'S.
O Ciel ! , de quel effroy mon ame est penetrée !
Contre qui sa fureur s'est-elle declarée ?

SOSTRATE.
Du vase destiné pour ce terrible choix ,
Tous les noms sont sortis ; il n'en reste que trois ;
Le nom du Roy , le vôtre , & celuy de la Reine.

PHERE'S.
Voila le dernier trait que me gardoit ta haine ,
Impitoyable sort contre nous conjuré !

SOSTRATE.
Cet affreux sacrifice est encor differé.
Le Grand Prêtre frappé comme d'un coup de foudre ,
Est long-temps immobile , & ne sçait que resoudre ;
Il veut que tous les noms dans l'urne rejettez ,

Des Dieux plus clairement marquent les volontez.
Mais le peuple jaloux des grandeurs souveraines,
Qui jamais de ses Rois ne partage les peines,
Qui tremble pour sa vie, & craint qu'un nouveau choix
Ne luy soit pas propice une seconde fois,
L'audace sur le front, le murmure à la bouche,
Oppose à ce dessein un courage farouche.
Un bruit seditieux s'est par tout élevé,
En ce moment fatal Admete est arrivé,
Il s'est jusqu'à l'autel avancé sans escorte.
Du temple par son ordre on a fermé la porte.
Mais ce qui dans mon cœur jette un nouvel effroy,
J'ay veu sortir Hercule, il demande le Roy.
Tout tremble à son aspect ; la fureur & la rage
Dépeintes sur son front animent son courage.
Plus terrible pour nous que la foudre des Cieux,
L'on voit des traits de feu qui partent de ses yeux,
Et tout ce qui s'oppose à sa course soudaine,
Comme un torrent rapide il le brise, ou l'entraîne.
Voila ce que j'ay veu, c'est à vous d'y songer.

PHERE'S.

Hé, que puis-je resoudre en ce pressant danger ?
S'il est quelque mortel qui puisse y mettre obstacle,
Alceste seulement peut faire ce miracle.
Cherche-la promptement, dy-luy que pour ses jours
Admete de ses pleurs implore le secours :
Qu'il faut aller ensemble, ou changer sa fortune,
Ou consacrer aux Dieux trois victimes pour une.

Fin du second Acte.

ACTE III.

SCENE PREMIERE.

ALCESTE, NIOBE.

ALCESTE *en entrant.*

O N, laissez-moy, vos soins sont icy
  superflus.
Je ne sçais où je vais, je ne me con-
  nois plus,
Je cede à ma frayeur. Quoy donc,
  chere Niobe,
C'est peu qu'à mes regards Admete se derobe ;
C'est peu que pour braver les horreurs du trépas,
Le cruel, loin de moy, precipite ses pas ;
Ses Gardes, qui l'eât crû ! m'ont osé méconnoître ;
Et ne respectant plus l'Epouse de leur Maître,
A mes tendres regards soigneux de le cacher,
Ils m'ont fermé le Temple où je l'allois chercher :
Mais, perfides, tremblez. Contre votre insolence
Une main immortelle embrasse ma deffense.
Par des chemins nouveaux auprés de mon Epoux,
Un Dieu jusqu'à l'Autel me conduit malgré vous,
Un veritable amour surmonte tout obstacle.

Je le vois, je le joins. Mais quel affreux spectacle !
Quel indigne appareil ! quel ministre inhumain
Sur ce vase terrible ose porter la main !
Arrête, cher Epoux, que vas-tu faire ? arrête,
Tu vas perir ; le sort va tomber sur ta tête.
Atten .... Differe encor ce redoutable choix ;
De ton Epouse en pleurs enten la triste voix.
Le Dieu qui jusqu'à toy prend soin de me conduire,
A mes vœux enflamez t'ordonne de souscrire.
Au nom de notre amour, au nom de nos liens,
Si mes jours te sont chers daigne épargner les tiens ;
Tu ne descendras point sur le rivage sombre,
Que mon ombre aux enfers n'accompagne ton ombre ;
Ou si nulle pitié ne te parle pour moy,
Voy tes tristes enfans qui n'esperent qu'en toy,
Roy, Pere, Epoux cruel, daigne tourner la veuë
Sur ton fils gemissant, sur ta fille éperduë,
Songe qu'en perissant tu les laisses perir ;
Puisque la mort certaine où je te vois courir,
Ne sçauroit les priver du secours de leur pere,
Sans les priver encor de celuy de leur mere.

NIOBE.

Hé, Madame, arrêtez ces inutiles pleurs !
Pourquoy dans l'avenir vous chercher des malheurs ?
Si le peril du Roy vous arrache des larmes,
Son austere vertu doit calmer vos allarmes ;
Elle est trop importante au bonheur des mortels,
A la gloire des Dieux, au culte des autels ;
Ses moindres actions sont d'illustres exemples ;
C'est par luy que l'encens s'exhale dans les temples,
C'est par son zele ardent, c'est par sa pieté
Qu'on garde les devoirs de l'hospitalité.
A prolonger ses jours tout le Ciel s'interesse ;
Et même, si l'on croit les discours de la Grece,
Apollon qui jadis abandonnant les Cieux,

S'arrêta parmy nous dans ces paisibles lieux,
Tient son arc redoutable, & sa main toûjours prête,
Contre tous les perils qui menacent sa tête :
Vous avez veu cinq fois l'effet de son appuy,
Puisque le sort cinq fois n'a pû rien contre luy.
Hé, pourquoy voulez-vous que ce Dieu favorable
Ne luy presente plus une main secourable ?
Et que son amitié qui veille sur ses jours,
Cesse d'être aujourd'huy ce qu'elle fut toûjours ?

ALCESTE.

Hé ! crois-tu que les Dieux sensibles à nos peines,
Prennent quelque interêt aux fortunes humaines ?
Si du haut de l'Olympe attentifs à nos voix,
Leurs regards jusqu'à nous descendoient quelquefois !
Verroit-on la vertu par le sort outragée,
Dans l'opprobre & la honte incessamment plongée ?
Et le crime en triomphe adoré des mortels,
Sur les temples détruits s'élever des autels ?
Que dis-je ! verroit-on l'objet de tant de haines,
Medée impunément triompher dans Athenes ?
Son frere déchiré, ses enfans massacrez,
Du thrône qu'elle occupe ont esté les degrez ;
Et le meurtre impuni de tant d'autres victimes,
Semble rendre le Ciel complice de ses crimes.
Et mon pere des loix éternel Protecteur,
De la Religion severe Observateur,
Qui chargeoit les autels d'offrandes honorables,
Mon pere, ce grand Roy, de ses ans venerables
Par sa propre famille a veu trancher le cours,
Même devant ses Dieux qu'il adora toûjours.
O redoutable exemple ! ô sinistre presage,
Des maux que pour le Roy ma frayeur envisage !
Ciel ! peut-il sans miracle eviter aujourd'huy
Tous ceux que son malheur assemble contre luy ?
Hercule furieux augmente mes allarmes ;

Chaque bruit que j'entens, me paroît un bruit d'armes.
Qui l'a veu ? que fait-il en ce moment fatal ?
Peut-être est-il sorti pour chercher son Rival ?
Dans l'attente où je suis je ne sçaurois plus vivre,
Ses gardes vainement m'empêchent de le suivre.
Vien, Niobe, voyons encor si contre nous
Les Barbares.........

SCENE II.

ALCESTE, SOSTRATE, NIOBE.

SOSTRATE.

Venez deffendre votre Epoux,
Venez, Madame.

ALCESTE.

O Ciel !

SOSTRATE.

Plein d'amour & de rage,
Hercule jusqu'à luy s'est ouvert un passage.
Au premier de ses coups sur le peuple assemblé,
En mille éclats épars les portes ont volé ;
Ce n'est plus que vos pleurs qui peuvent le deffendre.
Hâtez-vous, le temps presse.

ALCESTE.

Ah ! que viens-je d'entendre ?
Appellez mes enfans ; que pour comble d'horreur,
Ils viennent du barbare assouvir la fureur.

S'il prive mon Epoux de la clarté celeste ;
Il faut que de sa race il éteigne le reste ;
Et que malgré sa rage, & l'horreur du trépas,
Des cœurs si biens unis ne se separent pas.

SCENE III.

HERCULE, ALCESTE, NIOBE.

ALCESTE.

HE' bien, Admete est mort ! Ny son sort déplo-
rable,
Ny de nos saints autels l'azile inviolable,
Où les plus criminels trouvent leur seureté,
N'ont pû le dérober à votre cruauté ?
Il reste son Epouse, & son fils, & sa fille ;
Noyez-vous dans le sang de toute sa famille ;
N'épargnez rien, cruel, percez de mille coups
Ces cœurs où ce Heros vit encor malgré vous.
J'aime mieux aux enfers descendre sur ses traces,
Que de voir plus long-temps l'auteur de ses dis-
graces.

HERCULE.

Quelle haine, grands Dieux ! Ay-je dû l'attirer ?
Ainsi tout est d'accord pour me desesperer.
Quand je crois meriter un accueil favorable,
De reproches sanglans votre bouche m'accable,
Madame ; & cet Epoux dont vous pleurez la mort,
Va bientôt prés de vous s'applaudir de son sort ;

Et sa main essuyant vos precieuses larmes,
De votre heureux hymen va redoubler les charmes.
ALCESTE.
Quoy, mon Epoux respire! Admete voit le jour!
HERCULE.
Oüy, je vous ay gardé l'objet de votre amour,
Et je viens en faveur d'une tête si chere,
Vous prier d'accorder à ma douleur sincere
Le genereux pardon de l'indigne courroux
Que j'ay laissé tantôt paroître devant vous.
Hé ! quel coup plus affreux pouvoit frapper mon
     ame ?
Brûlant pour vos appas de la plus vive flâme,
Aprés avoir huit ans fait tomber sous mes coups,
Tout ce qui m'empêchoit de m'approcher de vous.
Je viens, j'arrive enfin, je vois qu'en mon absence
Vos attraits augmentez égaloient ma constance.
Et quand je m'applaudis d'un triomphe si beau ;
Quand je crois que l'hymen allumant son flambeau ;
Doit unir pour jamais & mon sort, & le vôtre,
Je trouve ce que j'aime entre les bras d'un autre ;
Et que pour m'accabler, mon amy le plus cher
M'a volé le tresor que je venois chercher.
A ce coup impreveu dont Hercule soûpire,
La raison sur mes sens a perdu son empire.
Pour chercher mon Rival, furieux, desolé,
J'ay couru vers le temple, ou plûtôt j'ay volé.
Les portes qui devoient m'en fermer le passage,
Ont tombé sous mes coups premices de ma rage.
Le peuple dont ma veuë a glacé les esprits,
Au Ciel en même temps a poussé mille cris ;
Et les Prêtres quittant le sacré ministere,
Vont se cacher en foule au fond du sanctuaire.
Admete seul, tranquille au milieu du danger,
D'un regard heroïque ose m'envisager ;

Et s'offrant pour son peuple au courroux qui m'anime,
Vien, dit-il, à ton pere immoler la victime.
Ce discours, & son port au dessus de l'humain,
M'ont presque fait tomber les armes de la main.
Les funebres apprêts de la ceremonie,
Et le danger prochain qui menaçoit sa vie;
Au lieu de ma fureur excitant ma pitié;
Ont reveillé pour luy ma premiere amitié.
J'ay brisé l'appareil de ce culte effroyable,
J'ay reduit en éclats le vase impitoyable,
Où le beau nom d'Alceste & le sien renversez;
Par les feux du bucher ont été consumez.
Je viens de commander un autre sacrifice,
Où j'espere pour vous Jupiter plus propice.
C'est-là qu'au lieu du Ciel promis à mes travaux;
Je luy demanderay qu'il termine vos maux;
Que sa puissante main sur vous, & sur Admete
Repande tous les biens qu'Hercule vous souhaite.
Et quand j'auray flechy son courroux rigoureux,
Emportant loin de vous mon amour malheureux;
J'iray de mers en mers, de rivage en rivage,
Contre tous les tyrans exercer mon courage;
Et parmy les perils, & la gloire où je cours,
Chercher la fin d'un feu qui durera toûjours.

ALCESTE.

A ce grand changement je reconnois Alcide;
C'est toûjours la vertu, c'est l'honneur qui le guide.
L'espoir que j'en avois n'a point été trompé,
Et son égarement s'est bientôt dissipé.
Oüy, Seigneur, mon hymen est un mal sans remede.
Admete est mon Epoux, Admete me possede;
Et si le sort barbare, où vos coups aujourd'huy,
Avoient brisé les nœuds qui m'attachent à luy,
Vous vous flattiez en vain qu'après ce coup funeste,
Sous de nouveaux liens on rangeroit Alceste;

N y

Ny que loin d'un Epoux chery si tendrement,
On pût à la clarté m'arrêter un moment.
Car enfin de mes feux telle est la violence,
Que je l'aurois choisi sans rang & sans naissance;
Et je hais quelquefois le sang dont il est né,
Puisqu'il m'ôte l'honneur de l'avoir couronné.
Aprés cela, suivez la gloire qui vous guide;
Je ne le cele point, votre aspect m'intimide.
On ne peut s'assûrer sur un cœur amoureux,
Aussi-tôt que l'amour l'embrase de ses feux;
Le fils de Jupiter devient ce que nous sommes;
Et les Heros Amans ne sont plus que des hommes.
Fuyez donc; loin de nous évitez le danger,
Où d'indignes retours vous pourroient engager:
Partez, & par l'éclat d'une éternelle gloire,
D'une heure de foiblesse effacez la memoire.

HERCULE.

Oüy, vous serez contente, & je vous feray voir
Qu'Hercule à son amour prefere son devoir.
Aussi-tôt que mon pere exauçant ma demande,
Aura d'un œil propice accepté mon offrande,
Vous me verrez portant ma flâme sur les eaux,
Du pied de ses autels monter sur mes vaisseaux,
Et vous debarasser par cette diligence
De l'effroy qu'en ces lieux vous cause ma pre-
sence.

SCENE IV.

HERCULE, PHERE'S, ALCESTE.

PHERE'S.

Ah, Madame ! ah, Seigneur !

ALCESTE.

Ciel ! quel eſt mon effroy !
Parlez, Seigneur ; que fait, qu'eſt devenu le Roy ?
Que m'annoncent vos pleurs ?

PHERE'S.

Que le ſort tyrannique
Vous prive d'un Epoux, & moy d'un fils unique.

HERCULE.

Juſte Ciel !

ALCESTE.

Ah ! courons expirer à ſes yeux.

SCENE V.

HERCULE, PHERE'S.

HERCULE.

Quel malheur le ravit à la clarté des Cieux !

PHERE'S.

Nous dreſſions par votre ordre un nouveau ſacrifice,
Que nous croyions offrir ſous un meilleur auſpice ;
Quand de l'abîme affreux d'où ſortént nos malheurs,
On entend retentir d'effroyables clameurs ;
Comme ſi les Enfers pour punir notre crime,
Se plaignoient du refus qu'on fait de leur victime.
Une épaiſſe vapeur dont l'air eſt infecté,
Du Ciel en même temps nous cache la clarté ;
Et du mortel poiſon la puiſſance ſoudaine
Fait tomber à nos pieds Phorbas & Timagene.
Le Roy tendre, & ſenſible à ces triſtes objets ;
Dieux, épargnez, dit-il, le ſang de mes ſujets.
Pour finir les malheurs qui menacent leur vie,
Pour ſatisfaire Hercule, & ſa flâme trahie,
Victime devoüée à la rigueur du ſort,
Ecoutez-moy, Grands Dieux ! je me livre à la mort ;
Frappez, je m'abandonne à vos traits redoutables.
A peine il achevoit ces mots épouvantables,
Que l'affreuſe vapeur qu'exhaloient les Enfers,
S'aſſemble, l'enveloppe, & ſe perd dans les airs,
Et qu'il ſent tout à coup dans ſes veines brûlantes
Couler au lieu de ſang des flâmes devorantes.

HERCULE.

Malheureux Prince, helas !

PHERE'S.

     J'ay fait partir Cleon ;
Pour aller conſulter l'Oracle d'Apollon.
J'eſperois que touché de ſon ſort déplorable,
Ce Dieu, comme autrefois, luy ſeroit favorable.
Mais Cleon ne vient point ; & mon fils va perir,
Cleon .... Ah, je le vois.

SCENE VI.

HERCULE, PHERE'S, CLEON.

PHERE'S.

Faut-il vivre, ou mourir ?
Parlez ; quelle réponse avez-vous de l'Oracle ?
Devons-nous pour Admete esperer un miracle ?
CLEON.
Tout succede, Seigneur, à nos pieux desseins.
Voicy ce que le Prêtre a remis en mes mains ;
Par qui ces lieux, dit il, vont prendre une autre face,
PHERE'S.
Ah, donnez ! & voyons si le Ciel nous fait grace.

(*Il lit.*)

Peuple, apren que le Ciel touché de ton ennuy,
Arrachera ton Prinče à la parque cruelle,
*   S'il se trouve un amy fidelle*
*   Qui veuille s'immoler pour luy.*

Qu'un doux espoir succede à ma frayeur mortelle !
Seigneur, je vais au peuple en porter la nouvelle,
Et répándre par-tout l'Oracle solemnel,
Qui doit éternifer la gloire d'un Mortel.
HERCULE.
Et moy, je cours au Temple, où ma victime est prête,

Vous cependant, Seigneur, que rien ne vous arrête,
Faites sçavoir l'Oracle, assemblez vos amis,
Je vous répons déja des jours de votre fils ;
Tous voudront se placer au Temple de memoire.
Ah ! si pour acquerir une incertaine gloire,
On voit tant de Mortels affronter le trépas,
Pour des honneurs certains que ne fera-t-on pas ?

Fin du troisiéme Acte.

ACTE IV.

SCENE PREMIERE.

PHERES, CLEON, SOSTRATE, Gardes.

PHERES.

UOY, la clarté du jour luy sera donc
    ravie !
Nul ne s'offre à la mort pour luy sauver
    la vie !
Et ces indignes cœurs ne sont pas
    attirez
Par la soif des honneurs qui leur sont assurez !
Ils preferent leur vie inconnuë & cachée,
A la gloire immortelle à leur mort attachée.
Mais quand même l'honneur ne vous pourroit tenter,
L'amitié, le devoir vous devroit exciter,
Perfides ! Quoy, ce Roy dont le bras heroïque
Est le plus ferme appuy de la cause publique,
Sans qui nos ennemis heureux & triomphans
Auroient chargé de fers vos femmes, vos enfans,
Ne voit pas un seul homme, un enfant, une femme,
Que le devoir excite, ou que la gloire enflâme,

Et ne trouve pas même un esclave aujourd'huy,
Chez tout ce peuple ingrat, qui le seroit sans luy.

CLEON.

Tout le monde le plaint, tout le monde soûpire,
Et convient que sa perte est celle de l'Empire :
Mais jamais les sujets n'avoient oüy parler,
Que pour sauver leur maître il fallût s'immoler.
La mort fait trop d'horreur ; tel qui l'appelle absente,
Cesse de la braver d'abord qu'elle est presente ;
Et la vie est un bien si doux & si parfait,
Que le plus malheureux ne la perd qu'à regret.
Si pour sauver le Roy, des Sirthes dangereuses
Il falloit affronter les routes orageuses,
Combattre des Geans, triompher, ou perir,
Dans ce champ glorieux vous nous verriez courir.
Ceux qui dans les combats vont exposer leur vie,
Ne sont pas assurez qu'elle leur soit ravie ;
Chacun croit échapper aux horreurs du trépas,
Et la gloire est certaine, & la mort ne l'est pas :
Mais aujourd'huy, Seigneur, elle est inévitable,
Son approche terrible, & sa veüe effroyable,
Aux cœurs les plus hardis inspire la terreur,
Et l'éclat qui la suit, n'en cache point l'horreur.

PHERE'S.

Voila donc les raisons dont vos bouches perfides
Couvrent la lâcheté de vos ames timides.
Ah ! que le sort des Rois est digne de pitié !
Tandis qu'ils sont heureux, ils ont votre amitié :
Mais le moindre revers écarte votre foule,
Et comme leur bonheur, votre amitié s'écoule.
Hé bien ! puisque nos maux ne vont point jusqu'à
      vous,
Perfides, votre veüe excite mon courroux ;
En proye à ma douleur, tout l'augmente, & me gêne.

SCENE II.

PHERE'S.

QUe fais-je ? qu'ont-ils fait pour meriter ma
　　haine ?
Quoy ! font-ils obligez de donner à leur Roy
Un fecours que mon fils ne reçoit pas de moy ?
O Pere malheureux ! rend-toy plus de juftice ,
Et ne differe plus ce jufte facrifice.
Songe que ta vieilleffe eft un pefant fardeau ;
Voy que déja du pied tu touches le tombeau ;
Acheve , & par ta mort merite qu'on te loüe.
Mais helas ! en tremblant il faut que je l'avoüe ;
Deux contraires partis me déchirent le cœur,
Sans qu'aucun foit encor ny vaincu , ny vainqueur.
Amour, ambition , que faut-il que je fuive ?
L'un demande ma mort, l'autre veut que je vive.
Et malgré moy je fonge avec quelque plaifir,
Que du bandeau royal je vais me refaifir ;
Que ceux qui de la Cour fuivant l'ordre fervile ,
Ont long-temps méprifé ma vieilleffe inutile,
Vont adorer encor les reftes de mes jours.
Cette idée à mes maux offre un peu de fecours ;
Ma douleur qui l'embraffe en devient plus legére.
Mais quand je vois mon fils à fon heure derniere,
Je fuis pere , & n'ay point le courage affez fort ,
Pour vouloir d'un Empire acheté par fa mort.
Car enfin, quelque amour que la grandeur nous donne,
On aime toûjours mieux un fils qu'une Couronne ;

Tout autre interêt cede à cette paſſion.
Hé ! que ſçais-je aprés tout, ſi mon ambition
N'eſt point un beau pretexte, une pompeuſe adreſſe
Dont je tâche à couvrir ma honteuſe foibleſſe ?
Mais qu'entens-je ? quels cris ſont venus juſqu'à moy ?
Que veut dire......

SCENE III.

PHERE'S, ADMETE, SOSTRATE, CLEON, *Gardes.*

PHERE'S.

AH, mon fils ! eſt-ce vous que je voy ?
O mon cher fils ! quel Dieu touché de ma miſere,
Pour eſſuyer mes pleurs vous rend à la lumiere ?

ADMETE.

J'ignore quel amy ſi fidelle à ſon Roy
A voulu me donner ce gage de ſa foy.
Redevable à ſon zele autant que je dois l'être,
Je vous laiſſe, Seigneur, le ſoin de le connoître,
Et de rendre à ſon nom les honneurs éclatans ,
Qui doivent le ſauver des outrages du temps.
Pour moy, tout occupé de ma ſeule tendreſſe,
Je vais tarir le cours des pleurs de ma Princeſſe.
Et remettant le calme à ſes ſens affligez,
Les retirer du trouble où je les ay plongez :
Mais je la voy qui vient. Que ſa veuë a de charmes!

<hr>

SCENE IV.

PHERE'S, ADMETE, ALCESTE,
SOSTRATE, NIOBE, CLEON,
Gardes.

ADMETE.

M Adame, enfin le Ciel me redonne à vos larmes,
Malgré le sort jaloux, il veut nous reünir.

ALCESTE.

Qu'on cherche mes enfans, qu'on les fasse venir.

ADMETE.

Oüy, Madame, il faut bien qu'ils viennent l'un &
   l'autre
Partager avec nous mon bonheur, & le vôtre.
Qu'on cherche en même temps Hercule de ma part ;
Qu'à nos transports communs il vienne prendre part.
Ce que j'ay veu tantôt me fait assez connoître
Qu'il aura quelque joye en me voyant paroître.
Pour moy, je l'avoüray sans honte & sans remords ;
Quand on s'est veu si prés de l'empire des morts,
Qu'il est doux de revoir la celeste lumiere,
Pour essuyer les pleurs d'une Epouse si chere!
Non, jamais tant de biens n'ont comblé nos desirs ;
Les Dieux-même n'ont point de plus parfaits plaisirs ;
Je vous revois toûjours plus charmante & plus belle,
Je vous revois toûjours plus tendre & plus fidelle ;
Mais devez-vous ainsi répondre à mes ardeurs?
Je vois vos yeux encor baignez de quelques pleurs.
Parmy tant de bonheur, de gloire, & d'allegresse,

Peuvent-ils conſerver ce reſte de triſteſſe ?
Vous ne repondez point, vous ne me dites rien ?
Si votre cœur ſentoit tout ce que ſent le mien ;
S'il prenoit même part à mon bonheur extrême…. ;

ALCESTE.

Ah, j'y prens plus de part encore que vous-même !

ADMETE.

O mots pleins de douceur, que vous me raviſſez !
Rien ne manque à mes vœux, ils ſont tous exaucez.
Dieux ! que ne dois-je point à cet amy fidelle,
Qui pour me conſerver une flâme ſi belle,
A voulu ſe livrer aux horreurs du trépas ?

ALCESTE.

Vous luy devez beaucoup, je ne le cele pas.

ADMETE.

Auſſi veux-je élever des Autels à ſa gloire ;
Que la poſterité celebre ſa memoire ;
Qu'en parlant de mon ſort par ſon ſang affermy…. ;

ALCESTE.

Vous ne ſçavez donc pas le nom de cet amy ?

ADMETE.

Non, je l'ignore encor : mais qui que ce puiſſe être,
Si vous le connoiſſez, faites-le moy connoître.
Que je ſçache l'auteur d'un ſervice ſi grand …..
Mais quel trouble plus fort me frappe, & me ſurprend?

ALCESTE.

Niobe, mes enfans ne viennent point encore ?

ADMETE.

Hé, Madame ! pour eux quel ſoucy vous devore !
Vous les verrez bientôt, pourquoy vous empreſſer ?….

ALCESTE.

Pour la derniere fois je les veux embraſſer.

ADMETE.

Dieux, que me dites-vous ? Mais ſes levres paliſſent,
De moment en moment ſes yeux s'appeſantiſſent ;

Elle tombe, elle expire. Ah, cherchons du secours!

NIOBE.

Ils font tous impuiſſans pour conſerver ſes jours,
Cette Epouſe, Seigneur, ſi tendre & ſi fidelle,
Vient de ſe devoüer à la parque cruelle.

ADMETE.

Helas! qu'avez-vous fait?

ALCESTE.

J'ay fait ce que j'ay dû.

ADMETE.

Vous vouliez me ſauver, & vous m'avez perdu.

ALCESTE.

J'ay voulu par ce gage, & pour l'un & pour l'autre,
Vous proüver mon amour, & meriter le vôtre.

ADMETE.

Non, vous ne mourrez point, je n'y puis conſentir;
Je me rends à la mort pour vous en garantir.
Reſpecte la vertu, plonge-moy dans l'abîme,
Repren, Dieu des Enfers, ta premiere victime.

ALCESTE.

Ses decrets en un jour ne changent pas deux fois.

ADMETE.

O barbares decrets! ô tyranniques loix!
Je ne vous quitte point, je ne puis vous ſurvivre.

ALCESTE.

Non, non, ſi vous m'aimez, gardez-vous de me
　　ſuivre?
De l'honneur que j'obtiens ne ſoyez point jaloux.
Je fais bien plus pour moy que je ne fais pour vous;
En aſſurant vos jours j'aſſure ma memoire;
Je contente à la fois mon amour & ma gloire;
Et c'eſt pour une Amante un triomphe bien doux,
Qu'un Dieu ne puiſſe aller où je deſcens pour vous.

ADMETE.

Hé bien, cruelle, allez, contentez votre envie,

Faites

Faites-vous un plaisir de sortir de la vie :
Mais ne presumez pas qu'en ce funeste jour,
Je montre moins que vous de courage & d'amour.
Nous descendrons ensemble au tenebreux rivage ,
Voicy comme un grand cœur s'en ouvre le passage.

PHERE'S *l'arrestant.*

Ah , mon fils !

ALCESTE.

Quel tourment voulez-vous m'apréter ?
Cruel , que faites-vous ?

ADMETE.

Je veux vous imiter.
Et vous , cruels amis , quelle pitié barbare . . . . .
Mais de mes sens troublez quel desordre s'empare !
Quelle invisible main sous un nuage épais
Cache à mes yeux mourans les murs de ce Palais ?
Je cede , & je rends grace à ma douleur mortelle ,
Qui me plonge avant vous dans la nuit éternelle.

Il tombe évanouy.

ALCESTE.

O comble de malheur ! Menageons cet instant ;
Conduisons la victime où la Parque m'attend.
Niobe suffira pour aider ma foiblesse.
Allons ; & vous , Seigneur , commandez qu'on me
          laisse ;
Qu'on veille sur le Roy ; que chacun avec soin
Luy rende des secours dont je n'ay plus besoin.

PHERE'S.

O constance admirable ! ô vertu signalée !
Vous , Cleon , donnez ordre à la garde assemblée ,
Qu'en reprenant ses sens , Admete furieux
Ne puisse malgré moy s'éloigner de ces lieux.

SCENE V.

ADMETE, PHERE'S, SOSTRATE, *Gardes.*

ADMETE *sortant de son évanouissement.*

Quoy ! je revois encor le jour que j'apprehende,
Et la Parque deux fois refuse mon offrande ?
Ah ! malgré les rigueurs qu'elle exerce sur nous,
Alceste, rien ne peut me separer de vous.
Jamais… Mais ses appas ne frappent plus ma veuë.
Que fait-elle ? parlez, qu'est-elle devenuë ?
Qu'on m'amene vers elle. Allons, je veux la voir.

SOSTRATE.

Ah, Seigneur !

ADMETE.

Achevez. N'ay-je plus de pouvoir ?
A mes commandemens chacun est-il rebelle ?
Seigneur, au nom des Dieux conduisez-moy vers elle.

PHERE'S.

Helas, mon fils ! ces soins sont vains & superflus ;
Avez-vous oublié qu'Alceste ne vit plus ?

ADMETE.

Alceste ne vit plus ! C'est donc pour cet usage
Que les Dieux de mes sens m'avoient ôté l'usage ;
Ils sçavoient que mon cœur contre leurs dures loix
Se seroit revolté pour la premiere fois ;
Que j'aurois tout tenté pour secourir Alceste.
Hé bien, puisque nos vœux n'ont qu'un prix si funeste,

Que de tout mon encens je recueille ce fruit,
Fuyons-les, & cherchons dans l'éternelle nuit
Un azile où du moins leur injuste vangeance
N'aura plus le pouvoir d'opprimer l'innocence.

SCENE VI.

HERCULE, ADMETE, PHERE'S, SOSTRATE, *Gardes.*

HERCULE.

Que vois-je ? ô Ciel !

ADMETE.

        Tu vois où me reduit le sort.
Amy, la Reine est morte, & je ne suis pas mort ;
Son corps même plongé dans le fond de l'abîme,
Aux monstres des Enfers a servi de victime.
Aprés ce coup funeste on desarme mon bras ;
On ferme à ma fureur les chemins du trépas :
Mais l'amour qui m'anime, & ma douleur extrême
En trouveront assez pour suivre ce que j'aime.
Adieu.

SCENE VII.

HERCULE.

De quelle horreur mon esprit est frappé !
Quel coup de foudre ! ô Dieux ! vous m'avez donc
   trompé ?   E ij

Lorsque sur vos Autels la victime sanglante,
Par des signes heureux surpassoit mon attente,
Alceste s'immoloit pour sauver son Epoux ;
Et mon cœur enyvré de l'espoir le plus doux,
Quand il offroit des vœux à la troupe immortelle ,
N'en faisoit point pour luy qui ne fussent contre elle.
O perte irreparable ! ô rigoureuses lois !
Nous-mêmes d'un seul coup effaçons nos exploits,
Faisons voir que le sang qui coule dans mes veines ,
Peut aller plus avant que les forces humaines.
Montrons que Jupiter nous a donné le jour.
Par l'abîme profond voisin de ce sejour ,
Le Ciel m'ouvre un passage aux rives tenebreuses ;
Etendons jusques-là mes conquêtes heureuses ;
Surpassons la croyance , & malgré les destins ,
Allons finir les maux d'un amy que je plains.

Fin du quatriéme Acte.

ACTE V.

SCENE PREMIERE.

PHERES, CLEON.

CLEON.

UY, Seigneur, c'en est fait, cette fidelle Epouse
A rendu de sa mort la fortune ja-
louse.
A son dernier soupir nous venons d'af-
fister :
Et toutes les vertus qu'elle a fait éclater ;
Prodige d'un amour qu'on aura peine à croire,
De ce dernier soupir n'égalent pas la gloire.
En sortant de ces lieux, dans son appartement
Pour la derniere fois elle passe un moment.
Là ses brûlantes mains de festons magnifiques
Entourent les Autels de ses Dieux domestiques.
On diroit, à luy voir un courage si fort,
Qu'elle marche en triomphe, & non pas à la mort.
La douleur qu'elle sent, n'altere point ses charmes,
Et de ses yeux mourans n'arrache point de larmes.
Mais ce cœur que la mort n'a pû faire trembler,
Auprés de ses enfans a paru s'ébranler ;

E iij

D'un nouveau trouble alors vivement possedée,
D'un deluge de pleurs sa couche est inondée.
Ces objets gemissans étonnent son grand cœur,
Et ses frequens soupirs expriment sa douleur.
Dieux ! qui veillez, dit-elle, aux loix de l'hymenée,
Dieux témoins de la foy qu'Admete m'a donnée !
Prenez soin de mon fils, soyez ses Protecteurs,
Que le Ciel sur moy seule épuise ses rigueurs ;
Et que ma fille un jour, cette fille si chere,
Ait un sort plus heureux que celuy de sa mere.
Par cet affreux discours ses enfans effrayez,
Tantôt entre ses bras, & tantôt à ses pieds,
Par les plus tendres noms la conjurent sans cesse
De n'abandonner pas leur premiere jeunesse.
Tout retentit de cris ; tout est baigné de pleurs.
Mais ô cris impuissans ! inutiles douleurs !
Elle ne voit qu'à peine un reste de lumiere,
Et le Dieux des Enfers est sourd à la priere.
Enfin elle s'arrache à ces tristes objets ;
Parmy le desespoir, les cris de ses sujets,
Innocente victime, elle se fait conduire,
Où l'amour & le sort ordonnent qu'elle expire ;
Vers l'abîme fatal je la vois s'avancer ;
Et dans le precipice elle alloit s'élancer,
Quand ma juste douleur ne pouvant se resoudre
A voir tomber sur nous ce dernier coup de foudre,
J'ay tourné vers ces lieux mes regards & mes pas,
Admirant son courage, & pleurant son trépas.

PHERE'S.

O malheureuse Alceste ! ô Reine infortunée !
Tés vertus meritoient une autre destinée.
Mais puisque par ta mort nos malheurs sont cessez,
Pardonne si mes pleurs ne coulent point assez ;
Et si d'un fils sauvé le prodige incroyable
Occupe plus mon cœur que ton sort deplorable.

Je n'aimois que mon fils, & ce fils m'est rendu,
Je reprens prés de luy le rang qui m'étoit dû,
Tout fléchissoit, Cleon, sous les loix de la Reine ;
Et moy, dont le pouvoir n'étoit qu'une ombre vaine,
Je voyois à regret qu'aprés l'avoir fait Roy,
Une autre dans son cœur eût plus de part que moy,
Et je ne pouvois voir sans un secret murmure,
Que l'amour fût en luy plus fort que la nature.
Mais à son desespoir c'est trop l'abandonner,
Le temps & nos conseils sçauront le ramener ;
Allons à ses soûpirs mêler encor nos larmes.

SCENE II.

PHERES, SOSTRATE, CLEON.

SOSTRATE.

AH, Seigneur ! prévenez de nouvelles allarmes,
Admete méditant de funestes projets,
Veut malgré nos efforts sortir de ce Palais ;
Et si par votre veüë, & par votre prudence,
Vous ne venez calmer..... Le voicy qui s'avance.

PHERES.

Dieux ! que vois-je ? est-ce luy ? quel transport fu-
rieux !
Les horreurs de la mort sont déja dans ses yeux,
Mon fils n'est plus, Sostrate, & sa seule furie
Est tout ce qui soûtient le reste de sa vie.

SCENE III.

PHERE'S, ADMETE, SOSTRATE, CLEON, *Gardes.*

ADMETE.

QUoy ! mes propres sujets rebelles à leur Roy,
Osent dans mon Palais m'arrêter malgré moy !
A la priere en vain j'ajoûte la menace ;
C'est vous dont l'injustice anime leur audace ;
C'est vous, pere cruel, dont le barbare effort
Croit pouvoir me fermer les chemins de la mort.
Mais que prétendez-vous ? Cette rigueur extrême
Ne sçauroit m'empêcher de suivre ce que j'aime.
O cruel Apollon ! pour me desesperer,
De la nuit du tombeau falloit-il me tirer ?
Et devois-tu me rendre à la clarté celeste,
Si tu ne le pouvois qu'en m'arrachant Alceste ?
Impitoyables Dieux ! quelles sont vos faveurs,
Si c'est par ces effets   latent vos rigueurs ?
Ah ! j'ose deffier les traits les plus horribles,
Dont s'armerent jamais vos vangeances terribles,
De porter à mon cœur de plus sensibles coups,
Que le secours affreux que j'ay receu de vous.

PHERE'S.

Ah , mon fils ! éloignez cette funeste idée,
D'un trop grand desespoir vôtre ame est possedée,
La prudence mortelle , & le pouvoir humain
Ne sçauroit revoquer les arrêts du destin.

Vous avez des sujets dont je vous ay fait maître ;
Vous avez des enfans qu'Alceste vous fit naître ;
Elle est morte pour vous, il faut vivre pour eux ;
Vous devez cet effort à ses mânes heureux ;
Vous le devez aux Dieux auteurs de votre vie.....

ADMETE.

Quels tourmens éternels voulez-vous que j'essuie ?
Soûtiendray-je l'aspect de ces funestes lieux,
Où mon bonheur passé s'offre encore à mes yeux ?
De quels doux entretiens veut-on que j'y joüisse ?
Chaque objet que j'y trouve augmente mon supplice ;
A de tristes devoirs mes sujets occupez ;
Des urnes, des cheveux nouvellement coupez ;
Des enfans soûpirant la perte de leur mere ;
Une Cour desolée, un thrône solitaire.
Que dis-je ? je crois même en ces affreux instans,
Que tout ce que je vois, que tout ce que j'entens,
Vomit contre mes jours des injures sanglantes.
Que ces murs animez, que ces voutes parlantes,
D'Alceste incessamment me nomment le boureau ;
Et quand je vois mon peuple autour d'un vain tom-
    beau,
Je sens que chaque honneur qu'il rend à son courage,
Est de ma lâcheté l'évident témoignage.

PHERES.

Quelle indigne frayeur osez vous concevoir ?

ADMETE.

Quel amour ! quel courage elle nous a fait voir !
L'approche de la mort ne l'a point ébranlée ;
Pour me prouver sa flâme elle s'est immolée.
Pouvois-je en recevoir de plus pressans effets ?
Elle a plus fait qu'amis, que pere, que sujets.
Aussi, pour reconnoître une flâme si belle,
Amis, pere, sujets, je quitte tout pour elle ;
Je ne leur dois plus rien ; je ne les connois plus :

Ou plûtôt aujourd'huy que je les ay connus,
Je veux fuyr à jamais leur presence funeste,
Pour ne m'entretenir que de ma chere Alceste,
Et voüer à jamais à ses mânes heureux
L'amour & le respect que je n'ay plus pour eux.

PHERE'S.

Grands Dieux ! soyez touchez des tourmens qu'il endure.

ADMETE.

Puisqu'Alceste n'est plus, perisse la nature.
Sacré flambeau des Cieux, étein-toy pour jamais:
Jupiter, de ta foudre embrase ce Palais.
Fleuves, debordez-vous jusques dans ces murailles ;
Terre, pour m'engloutir ouvre-moy tes entrailles.

PHERE'S.

Dieux ! sa raison s'égare ; ayez soin de ses jours ;
Je vais faire venir Hercule à son secours ;
C'est le dernier espoir qui flatte ma misere.

SCENE IV.

ADMETE, SOSTRATE, CLEON,
Gardes.

ADMETE.

Hercule à mon secours ! que prétendez-vous faire ?
Hercule dans ces lieux ! Ciel ! comment aujourd'huy
Osera ma douleur paroître devant luy ?
C'est par moy qu'à ses feux Alceste fut ravie;
Miserable ! & c'est-moy qui l'arrache à la vie.
Alceste, sans l'hymen qui l'unit à mon sort,

Ne se fût point livrée aux horreurs de la mort,
Elle vivroit heureuse entre les bras d'Alcide;
Et je n'aurois été ny lâche, ny perfide.
O vangeance des Dieux! dont les ordres cruels
Punissent sur les fils les peres criminels!
Pourray-je soûtenir le foudroyant reproche ?....
Mais ce bruit éclatant m'annonce son approche;
A ses yeux irritez cachons mon desespoir,
Et fuyons des objets que je ne sçaurois voir.

SCENE DERNIERE.

HERCULE, ADMETE, ALCESTE, SOSTRATE, CLEON.

HERCULE.

Arrête, ouvre les yeux ; la fortune inhumaine
T'enlevoit ton Epouse, & je te la ramene ;
Vivez heureux.

ADMETE.

O Ciel! En croiray-je mes yeux?
Et c'est vous que je vois! Alceste!

ALCESTE.

Admete!

ADMETE.

O Dieux!
C'est vous-même. Comment votre ombre fugitive
A-t-elle repassé la tenebreuse rive ?
Quel Dieu vous a renduë à la clarté du jour ?

HERCULE.

C'est par moy que le Ciel la rend à ton amour;

Au bruit de son trépas, l'accusant d'injustice,
Je vole en te quittant au lieu de son supplice,
Et des bras de la mort certain de l'arracher,
Jusques dans les Enfers je courois la chercher.
J'arrive le premier ; je la vois qui s'avance ,
Et d'un bras qu'animoit l'amour & l'esperance,
Je l'arrête au moment , que prête à succomber ,
L'abîme à nos regards alloit la derober ;
Alors un monstre affreux , pour me faire la guerre ,
S'éleve jusqu'à moy du centre de la terre.
Mais à peine sur luy mon bras appesanti
Le repousse aux Enfers dont il étoit sorti ,
Qu'Alceste jusqu'alors dans la douleur plongée ,
De ses maux tout à coup demeure soulagée.
L'Oracle est accompli ; le Ciel est desarmé ,
Sur le monstre englouti l'abîme s'est fermé.
Adieu, je vais encore aux rives étrangeres
Chercher à ma valeur de nouvelles matieres ;
Et par ces nobles soins tâcher de triompher
D'un reste de transport que je veux étouffer.

ADMETE.

Quoy ! voulez-vous déja, trompant mon esperance,
De mon Liberateur me ravir la presence ?
Pour Alceste, pour tous . . . . .

HERCULE.

        Ah , ne m'arrête pas !
D'Alceste , loin de moy , possede les appas ;
Et ne m'oblige point à ternir ma victoire,
Par quelque repentir indigne de ma gloire.

ADMETE.

Ne nous rebutons point , suivons , & qu'à jamais
Notre reconnoissance égale ses bienfaits.

FIN.

Contraste insuffisant

NF Z 43-120-14